U0067875

職場
冷暖集

老溫、米樂 著

天空數位圖書出版

目錄

《01》高高在上

文：老溫

　　那是十八年前的往事，當時我只是個三十出頭的基層幹部。那時的網路不如現在發達，電腦跟軟體也是，更別提觸碰式螢幕的手機，根本還沒個影子。一次重要會議上，我提出了購買雙螢幕顯示卡電腦的建議，目的是提升三倍的工作效率，原本一天的工作，可能不到三小時就能完成，卻遭到了軟體工程師們的圍剿，他們說這些設備太貴，效率也不可能達到我所說的三倍，就這樣把採購案擋了下來。

　　總經理覺得事情不太單純，於是要我把規格開好，計算出每套電腦的價格，結果價格遠比軟體工程師們在會議中提的低，他們估計每套是$70,000 元，而我問到的價格只有一半不到。總經理在當天就決定先購買兩套，一套送到董事長的家裡，另一套則是由我使用，並且示範給我的六個組員看，雖然那是公司的一大進步，但卻讓軟體部門開始刁難我，對於我之後提出的建議完全否決。

　　否決的理由都很簡單「辦不到！」，但我的建議，都是有別家網路公司已經辦到的，我只是加以改進，於是他們又以我不是程式設計師，所以完全不懂為理由，把那些可以讓公司進化的建議全都冰封起來，很快的就過了三個月，那一天，公司買了二十多套雙螢幕顯示卡電腦，從總經理、副總經理到大部份職員都有一套，原來是董事長用過之後非常喜歡，也認同效率可以大幅提升。

　　每個公司多多少少都有這樣的部門，高高在上的部門，公司少了他們就會完全停擺。因此，就算他們犯了錯，也不會有人責怪，或是有人提出改善計劃時，便跑出來百般阻撓。

　　我還記得總經理跟我的組員全部被裁撤的那一天，十多個員工沒了工作，軟體部的兩個主管嘴角微揚，露出了得意的表情，一個多月後，跟我有點交情的總機小姐請我吃飯，說公司不但全盤使用我的建議，也因此賺進了數億元，連她都領了五十萬元的年終獎金。這件事傳到前總經理那裡，他非常生氣也非常無奈，辛苦培養的團隊沒了工作，該得到的報酬卻被偷走了，於是開始佈局復仇計劃，三年後終有所成，搶走了原公司百分之七十左右的營業額，而高高在上的董事長居然從台灣遠赴英國倫敦，拜託前總經理高抬貴手，當然，遭到英國公司的拒絕，兩家公司的競爭自此變得白熱化。

4／**職場**冷暖集

《02》埋頭苦幹

文：老溫

在半自動化工廠中有一個作業員，他是一個做事認真負責的好員工。他的工作很單調，進料、抽樣檢查成品及搬運成品。日復一日，但他永遠領不到公司的績效獎金。他的組長負責幫老闆壓榨員工，例如作業員負責的機器，每五十七秒可以生產一個產品，他上班十二小時，最多可以生產七百五十八個產品，但事實上，扣除三十分鐘的吃飯時間，了不起也只能生產七百二十六個產品，作業員根本沒時間喝水，也不能上廁所。組長把績效獎金的標準訂在每日七百八十個產品，或許你會說加班是個好方法，不過那是不可能的，因為下班時間一到，就會有另一個作業員立即接替，所以加班這件事不會發生。

佔地數千坪的廠房裡，類似工作性質的作業員約七十人，每個人都必須埋頭苦幹，才能勉強達到組長訂定的低標，即可拿績效獎金的95%生產量，但這個數字對於新進員工太苛刻，不熟悉作業流程的員工，能達到80%的產量就很棒了，所以，這家公司有一陣子都在尋找新血，新人在第一天上班的陣亡比率超過70%，能撐過一週的不到5%，儘管如此，該公司還是堅持使用相同方式壓榨員工，直到被同行收購。

作業員的媽媽在便當工廠工作，主要是夾菜，輸送帶上數百個便當緩緩移動，有的人夾滷蛋，有的夾排骨或雞腿，剛開始工作時，手指還能負擔，過了一小時之後，她放棄夾子改用雙手，當然，戴上了透明的塑膠手套，效率或許提升了許多，

但幾個小時下來，十隻手指頭跟腰部都累積了一些小小的傷或疲勞，幾個月後，她選擇了離職，她真的受傷了。

　　許多行業的作業員都有類似的問題，想要績效獎金談何容易，即使是埋頭苦幹也未必能夠達標，就算勉強達標，通常都是受傷收場，賠了夫人又折兵，連醫藥費都不夠，還可能終身受害，得不償失！由於可取代性高，老闆們根本不會在乎員工的健康，反正總有新人會來做，也總會遇到一兩個耐操又好用的，因此這些慣老闆們就有恃無恐，繼續壓榨，自己開全新的高級轎車，住超過億元的豪宅，也不可能增加些許員工的數量，讓全部的員工都降低產量的壓力，但網路時代讓這個現象變少了，資訊的快速傳遞讓不少老闆不再如此，這算是網路時代的特殊紅利吧！

8／職場冷暖集

《03》事必躬親

文：老溫

　　在軟體公司上班的最後幾周，我被安排到老闆的左邊座位，那是左右連續十八個電腦螢幕的中央區域，老闆親自驗收軟體的進度與優缺點，並要我寫下來，打成一篇報告，連同旁邊的其他幹部或員工，我們一共列了三十七項缺點，我不知道老闆的用意，因為我跟程式部門的狀況已經夠糟，要我將這些缺點送交程式部門的主管，這無疑是一件吃力不討好的差事，所以跟他們之間的關係徹底被撕裂。

　　當程式部門的主管看完報告，便立即跑到我的座位旁興師問罪，但我告訴他，那是九個人共同找出來的缺點，我只是負責記錄。他用極度懷疑的眼光看著我，那也是我最後一次跟他對話，最後他勾選出十一項無法立即改善的地方，這也證明我們九人並沒有錯，畢竟使用者越方便的頁面，越容易攻下市場。

　　其實不只自己的經歷，朋友也有類似的經歷，一間高級餐廳的老闆在巡視的時候，拿起一個又一個有水痕的玻璃杯，然後找來當班的幹部，但是幹部的回答讓老闆非常生氣，他說無法解決，老闆在辦公室內摔破了第一個杯子，並問幹部是否有辦法了，幹部回答有困難，於是第二個杯子又破了，這時一個老員工誤闖會議現場，老闆便問他是否有辦法解決水痕的問題，答案當然是有，於是幹部多了一樣苦差事，一天要擦三百個杯子，這件事被老闆知道了之後，便將幹部開除，並找來所有的服務生，要每人每天擦三十個杯子，解決了這個問題。

　　這家餐廳有一道菜，在網路上被批評的一無是處，老闆找了三個朋友，分別在不同的位置上點了這道菜，自己也化身客人點來享用，結果四人都覺得不好吃，在廚師下班後問了一下，原來是烹調手法錯誤，老闆拿出秘笈教了廚師，但廚師似乎不領情，堅持己見，老闆只好問廚師要離職還是要使用秘笈中的烹調方法？廚師心不甘情不願的在四人面前照做了一遍，老闆要廚師也嚐兩口，廚師終於明白老闆也是個大廚，不敢再隨意更改烹調方法。

　　有個事必躬親的老闆是好事也是壞事。好處是問題解決的效率幾乎是立竿見影的；壞處是可能造成公司內部的不和諧，拿捏之間，除了看老闆的智慧，也考驗員工們，有心上進的便會積極解決問題，只想維持現狀的員工便會成為和諧的破壞者。

《04》偽君子

文：老溫

　　如果不是很清楚「偽君子」這三個字可以去看金庸小說：《笑傲江湖》或是這本小說改編的電視劇。粗略估計已經不少於七個版本，裡面有個角色：岳不群，他算是當代電視劇的偽君子代表人物，在露出真面目之前，沒人知道他的心是如此狠毒，也沒人預料到他對武林的破壞力。

　　不是每間公司都有偽君子，不過一但遇到，就必須小心應付，以免被賣了還替他數鈔票。一對很有默契的情侶，他們為了錢賣命。因為有點本事就被外派到上海分公司，籌備公司的中國發展處，當一切準備好了之後，副總便要求兩人將所學的相關知識傳授給三十多個新人，男人撥電話回台灣，問總經理是否這麼要求？得到確定的答案後，男人開始編教材跟上課，副總允諾未來兩人的月薪都是二十五萬台幣，於是他們兩人認真教學，當副總覺得時機差不多，便要求兩人回台灣休假，並聽候命令。

　　然而兩人回台灣後便沒有接到任何通知，總經理的電話也打不通，兩人這才明白被擺了一道，後來查出總經理被副總陷害而跑路，上海的中國發展處也已經人去樓空，打聽了幾個月才知道兩人的所學，被一間大陸的公司使用，員工裡有那三十多人中的二十多人，副總則是那間公司的大股東之一，據說副總因此得到了五千萬台幣的酬勞。

　　情侶雖然在業界小有名氣，不但沒有遇到伯樂，反而遇到了「偽君子」副總，表面上他很賞識兩人，也表現得很器重兩人，將重要任務交給兩人，殊不知這是連環毒計。他們被出賣之前，副總還噓寒問暖，問兩人何時結婚？何時生小孩？回台灣好好休息，準備面對新的挑戰。這就是偽君子的可怕，把你賣了，還讓你以為他對你很好。

　　餐飲界最常見偽君子的存在，只要有生意很好的店家，就可能有偽君子應徵新人或學徒，當他們知道所有的配方、烹調方式，就會藉故辭職，甚至放蒼蠅、老鼠、蟑螂，要是讓客人吃了拉肚子，喪命也都有可能，或是找人向衛生單位檢舉，讓生意一落千丈，此等卑劣的行為實在很難防。因為他們熟知餐廳內部作業，知道該把蒼蠅等放在那裡，而且神不知鬼不覺，當出事的時候，他們早已離職，甚至自己的新餐廳已經開幕，而受害者仍然不知道自己是怎麼被害的。

《05》真小人

文：老溫

　　一般的真小人或許讓人討厭，也不至於無法防範，但有一種組合是最可怕的，那就是偽君子結合真小人。當真小人不斷攻擊之後，就會有個人出現，然後他表面上也很痛恨這個真小人，甚至編出一套故事，說自己也被這個真小人所害，讓你以為兩人可以同仇敵愾，共同對付真小人，卻不知自己已經掉入陷阱，最後被出賣時，偽君子能不露出真面目絕不露出，甚至還讓你以為是真小人搞的，當遇到這樣的組合時，千萬要注意，以免被陷害到萬劫不復。

　　旅美的經濟學博士，專攻股市、期貨，一回台灣就找到一份投資顧問的工作，然而這間公司正處於分崩離析的階段，內部四分五裂，雖然他發現了，可是還是掉入上一段的陷阱模式，跟他同一組的資深分析師，非常有經驗，資深分析師忽然請病假數天，並找來旅美博士，要求暫時代替自己的位置，還說是別組的分析師會害他們兩人，結果旅美博士接手的第三天就出事了，他認為某幾檔股票可能會續漲，因此大力推薦，沒想到那幾檔股票的主力是同一批人，趁著旅美博士的推薦，幾乎出清了所有股票，接著就連續大跌了將近五成，旅美博士當了替死鬼，被業界視為黑名單，幾年內都無法成為檯面上的分析師，當然也立即丟了工作，而資深分析師則繼續找替死鬼，昧著良心幫主力出貨。

　　一個非常漂亮的女人，她在公司有個死對頭，雖然如此，她們各據山頭，相安無事，但死對頭野心極大，早就想把美女那份吞了，所以展開一連串的攻勢，美女幾乎沒有招架之力，此時一個部下挺身而出擋子彈，制定反擊計劃，因此得到美女的信任，然而美女最後一敗塗地，黯然離開公司，出賣她的正是那個部下，她不但沒有被開除，反而成為死對頭的貼身助理。

　　不光是職場，在生活中，我們多少會遇到真小人，說真的，能離多遠是多遠，萬一被他們知道有利可圖，輕則破財消災，重則家破人亡。

　　朋友家的土地剛重劃不久，他把土地賣給建商，拿到兩億五千萬的現金，他的朋友很窮，經常入不敷出，當窮人知道朋友的財產暴增，便串通地下賭場，騙他去賭博，剛開始朋友還小贏幾百萬，非常高興，接著就開始慘輸，最後輸光了全部的現金。

《06》戰　友

文：老溫

有偽君子、真小人，也就會有戰友，但戰友跟偽君子之間的差異不大，實在很難在第一時間就判斷出來，而被多年戰友出賣的事也是屢見不鮮，多半是為了錢，或者是升遷，偶爾伴隨的是仇恨，看不見的仇恨與嫉妒。

甲跟乙是多年的同事，一直以來都是很好的搭檔，在公司內的表現也都很好，兩人在下班後會一起吃飯、聊天、撞球，雙方的妻子與小孩也都互相認識，他們會聚餐，假日的時候，兩個家庭會一起出遊，感情就像兄弟一般，誰也想不到，兩人合作無間了十年後，甲竟然會出賣了乙。

那是一個夏日的午後，甲在街頭遇到一個身材曼妙的女人，那是他的大學同學，兩人曾經交往半年，她在甲心中佔有非常重要的地位，即使甲已經結婚五年，她對甲跟哭訴家中欠下巨額債務，希望甲幫忙解決，他把心一橫，決定設計多年的「戰友」，於是乙就被騙去新的廠商那邊，用稍微低一些的價格採購了一些設備，卻不知這是甲跟廠商的圈套，廠商在交貨後便人去樓空，公司也在隔月付款，看似沒有問題，但設備是贓物，東窗事發後，乙被公司開除。

廠商在款項入帳之後，跟甲三七分帳，甲雖然只拿三成，但這是無本生意，他根本不在乎，他在乎的是老情人的債務解決了。解決債務之後，老情人便成了甲的外遇，他的開銷急速上升，於是他把腦筋再度動到乙頭上，跟乙開口借了五十萬，

乙對於上次的事沒有追究，因為他認為是廠商惡意欺騙，不是甲的錯，於是乙把八成的存款都借給了甲，連借據都沒寫，天真的相信甲有急用。

　　過了一年，老情人抱著幾個月大的小孩到甲的住處上門逼宮，咄咄逼人的她，瞬間就擊潰甲的元配，元配在稍後找了乙哭訴，乙這才發現甲騙他，甲終於說出借錢的真正目的，甲選擇了離婚，然後跟老情人結婚，原本幸福的家庭就這樣破碎了，甲的前妻沒地方住，大包小包的帶著女兒到乙的家暫住，說出甲的老情人對她說的話，也就是甲幫老情人解決債務的事，乙這才明白，甲設計他去採購那批設備。正所謂害人之心不可有，防人之心不可無，交情再深，還是有可能出賣好朋友的。

《07》沾醬油

文：老溫

所謂「沾醬油」是指經常換工作的意思。近年來，一些所謂的專家鼓勵年輕人要多做幾個工作，累積經驗或是找到自己喜歡的工作，這種說法或許沒錯，對大公司的影響不大，但對於小公司來說是一大困擾，好不容易部把新人的訓練完成，但這個新人卻辭職了，對人力資源調度不易的公司來說是一種考驗。

朋友在一家加盟的便利商店上班，因為地點不錯，所以生意很好，有見及此老闆便增加人手，朋友也因此升職為店長，看似得利的他，卻一步步走向死亡的陷阱。

新進人員不到兩三天就離職，有些甚至只上了一小時就消失不見，又要服務客人，又要訓練新人，他的工作時間越來越長，有時還必須支援另一班，否則會無法放假，但也只能如此，不過他和他的老闆都付出了慘痛的代價。

那一天，朋友很累，因為他連續上班了三十小時，回到租屋處，一陣暈眩後便直接倒地，他再也無法起身，八個小時後，他沒去上班，但他的同事有急事，必須離開，老闆剛好去南部玩，所以這家便利商店就唱空城計。撇開是否有財務損失，老闆少了一個好員工，還背上了壓榨勞工的罪名，而朋友則失去了性命，才三十二歲的他，是家中的獨子，白髮人送黑髮人向來都讓人心碎，他的母親哭得肝腸寸斷，年邁的父親更因此事的打擊，生了重病，不久後也死了。

　　另一個朋友花了五十萬，開了一家自助餐，剛開始生意不怎麼樣，所以連他算進去只有三個員工，就像所有生意不錯的店家一樣，總會有一個或更多外送員，這個外送員的時薪看起來很高，不過他一天只有五個小時的工作，因此他的收入也只有正常班的三分之二，在無法支撐生活費的狀況下，很多外送員很快就選擇了離職，不然就是找一份全職的工作，並兼職二小時的外送員，以維持較多的收入。

　　當外送員離職後，朋友的自助餐陷入人力不足的窘境，在下一個外送員到職前，幾乎餐餐都人仰馬翻，於是他意識到這個問題是迫切需要解決的，因此決定擴大員工規模，但這決定是另一個錯誤，生意只增加了二成，但一年必須多負擔七十萬的人事費，低薪的人變成了我的朋友，他必須將自己的部份收入轉成人事費，這也是許多小型餐飲業的痛，難以解決，專業的外送公司？那會有價格過高，消費意願降低的問題。

《08》八卦中心

文：老溫

員工越多的公司，八卦就越多，如果是作業單位，忙得要死，誰有空聊天啊？但有些工作是可以一邊聊一邊工作的，這些單位的某人或某些人，就會變成所謂的八卦中心，但他們談論的內部消息未必全都正確，但有些竟然是千真萬確，如何分辨，確實是考驗智慧啊！

十年前，朋友的女兒剛從大學畢業，應徵了一份行政助理的工作，到職的第一個小時，一個大姊就爆料，說公司即將西進大陸，需要很多人材，台灣這邊會大幅度裁員，公司確實西進了，不過台灣的總公司並沒有裁員，她最後還成了總經理的貼身特助。

一對表兄妹，從小住在隔壁，天天玩在一起，感情非常好，表哥認真負責的工作態度，很快就升到組長的位置，表妹覺得表哥的公司不錯，應徵後順利得到工作，他們兩人在午餐時不期而遇，當然也就一起吃飯了，隔天就有謠言說他們兩個是情侶，氣得暗戀表哥已久的女職員跑去跟表妹示威，宣示所有權，這對表兄妹當然覺得莫名其妙。

業務經理經常藉著實地教學，載著女職員出門，但業務經理已經結婚，女職員在日久生情的狀況下成了小三，兩人的事在公司早已不是新聞，但元配並不知情，直到女職員懷孕，業務經理經常不回家，事情才爆發。

　　以上三個例子是三種狀況，一個是亦真亦假，有正確的部份也有錯誤，一個完全是誤會，一個是千真萬確，但要如何判斷實在很難，朋友的女兒那間公司確實在當時大量刊登徵才廣告，也在人力銀行大量召募人才，而且是要外派大陸的幹部，表兄妹一見面就擁抱，表哥甚至還幫表妹把頭髮撥順，親密的狀況任誰都會以為兩人是情侶，業務經理載新人出去實習是天經地義，怎奈兩人發展出了情愫，可惜悲劇收場。

　　有時候，你不找八卦，但八卦會自動上身。他跟她是同一組的職員，她離婚了，但兒子跟女兒由她撫養，她的兒子非常喜歡在下班前跟他打打鬧鬧，兩人看起來就像是父子，女兒偶爾會依偎在他懷裡撒嬌，他被邀約幫她的兒子慶生，看在同事眼裡，他們就是一對，甚至有兩人同居的流言，事實上，他們之間只是同事，只不過他們的同事並不這麼想。

《09》只求溫飽

文：老溫

　　在保險公司待的那幾個月，我看到了許多人沒買保險的原因：買不起。她是我的朋友的朋友，當時四十八歲，離婚了，父母都去世不久，雖然沒有撫養小孩，但生活過得非常辛苦，獨自租了一間小套房，破舊的電視、椅子，還有衣服，她的工作是在一家餐廳洗碗跟清潔，由於屬於零工，她的月收入大約只有一萬五千元，所以，她又多找了一份早上在快餐店洗菜、包便當的工作，終於讓自己的經濟狀況轉好，不過，這兩樣工作都必須讓雙手一直泡在水裡，於是她只好放棄其中一樣，再找一份零工。

　　他是證券公司請的保全員，五十八歲，因為曾經受重傷，所以很多工作都沒辦法做，歷經滄桑的外表跟皺紋，空洞的眼神，只有在跟我聊天時才會變成炯炯有神，因為他年輕時喜歡騎機車到處跑，每次跟他聊到那裡風景漂亮，那裡他最常去，才能找回那個年輕時的他，但妻子的離去、長子吸毒入獄，都讓他身心俱疲，次子不止吸毒，更因為共用針頭染上愛滋病，他現在的願望是只求溫飽，年輕時的衝勁早已不再。

　　他年輕時不愛唸書，雖然考上了五專，但情竇初開的他卻遇到八爪女，傷心欲絕的他黯然退學，好不容易退伍了，卻因為只有國中畢業，找不到好工作，雖然他很認真、勤奮，但公司裁員的時候，他總是第一個收到通知，二十年過去，五次被裁員，失去工作，每段工作總有些空窗期，短則一個月，長則

半年，加上一次車禍造成火燒車，賠光了所有積蓄，現在的他跟上一段的保全員心態很像，只不過他沒結婚，四十七歲的他也不會想追求女人了。

　　不論是職場還是這個社會，有高高在上的總裁，少數的幹部，統領無數的員工，就好像埃及的金字塔，最高的位置只有一個石頭，越底層的石頭就越多，象徵了階級之分，上面三個例子，分別因為不同的原因，讓他們幾乎無法翻身，除非中了樂透，否則他們的人生大概就這樣下去了，而且狀況只可能會更糟，因為人會衰老，等到白髮蒼蒼，誰願意花錢聘請他們當員工呢？以現在的管理學來說，許多公司認為三十五歲都嫌老了，但其實這種想法是有漏洞的，許多成功的企業家，都是四十五歲到六十五歲才成名的。

《10》外包商

文：老溫

　　規模不大的公司，多半有許多外包商，掃地清潔外包、保全員外包、機電人員外包、維修機械外包、餐廳外包，連最重要的貨物運送都外包，於是這些跟生產幾乎無關的人員，偶爾會全部出現在公司裡，有些奇怪的災難就此發生。原本外包的用意是節省成本，卻造成對公司營運重大傷害。

　　電影裡經常看到裝扮成服務生、清潔員混入公司，偷走重要資料的場景，或是偽裝成機電人員，結果造成重大破壞的橋段，現實生活中也一樣。一家小型工廠，在過年前找了清潔公司，結果清潔公司的員工手腳不乾淨，搜括了辦公室內的財務，包括了幾十萬現金，老闆要犒賞員工的紅包，報案後才發現該名清潔員用假資料應徵，工廠跟清潔公司對簿公堂，小偷仍逍遙法外。

　　並不是所有外包商都會闖禍的，有時，他們的一句話，會改變一個公司的命運。十多年前，網路公司剛起步的年代，大部份的老闆都不知道自己要的是什麼？別懷疑，他們真的找不到方向，在軟硬體的管理也是一塌糊塗，加上當時的想法都太天真，所以經常發生當機，以為是被駭客入侵，實際上只是因為頻寬不夠，加上單一伺服器同時處理過多資料所致，外包商幾句話就解決問題，並且讓該公司領先同業半年以上的優勢。

　　但最大的風險莫過於不知道危險，鍋爐及各種液體或氣體管線其實都是有著非常大的危險性，但很多人並不清楚。著名

的八仙樂團粉塵爆炸案，就是一起典型不知道危險而造成的災難，粉塵遇到明火可能起火，粉塵密度高時就會發生爆炸，不過，爆炸現場經過鑑定，是舞台上的電腦燈溫度過高點燃粉塵，而承租場地的商人面臨的良心譴責與天價賠償，他根本無法承受，八仙樂團也因此停業，一家公司就因為一個疏失而無法繼續營運下去。

節省營運成本的概念或許沒錯，但一個差池，就可能面臨傾家蕩產的風險，汽車業大量使用外包方式製造零件，大量召回事件時有所聞，損失動不動就是幾百億，甚至千億，以及那些死傷於不良零件的受害者，龐大的社會成本，只因為外包商設計師一個小小的錯誤，或是外包商的品質管制出了問題。

《11》菜鳥與老鳥

文：老溫

　　她是公司的資深主管，乙是今天才到職的菜鳥，公司的業務是化妝品、保養品，價格不低，是貴婦們非常喜愛的品牌。熟悉化工的乙才幾個小時，就開始挑戰她，乙說公司的產品太貴，不值那麼高的價格，但她也不是省油的燈，馬上搬出名牌包包那套理論，說 LV、Chanel、Dior、Gucci 等名牌包也一樣，公司代理的品牌是知名大廠，價格高一些並沒有錯，重要的是如果價格賣低了，貴婦們就不會買公司的產品，轉而買別家且較貴的那些產品，最後她說了一句：就是產品區隔跟客戶區隔，你也可以說市場區隔。

　　汽修廠老師傅，還有一個學徒，剛進門一個月，一位客戶說要換機油、輪胎，並劈頭就問價格跟需要的時間是多久？學徒不敢回答，跑去問師傅，師傅問新客戶，要用好的機油跟輪胎？還是便宜的，客戶說便宜的，於是師傅說三小時，當客戶離開，學徒也是挑戰師傅，說這兩樣工作只需要三十分到四十分，為什麼要騙客戶？師傅說，便宜的輪胎消耗量很大，有時候老客戶或是重要客戶會催時間，必須調整工作順序，我們必須以主要收入的客戶優先服務。

　　他是資深房仲，靠的是三吋不爛之舌，業績尚可，她是白紙一張，剛結束公司的訓練，也通過考試，幾個月後便成交了不少物件，其中包括了他接觸過的準客戶，這讓他非常不滿，但店長認為該客戶對他有顧忌，所以才選擇讓她帶看。事情是

這樣的，他是個不算用功的人，全憑經驗跟臨場發揮，她則是非常用功，會把客戶的需求放在心裡，因此介紹的物件都是非常適合客戶的，這樣一來，客戶覺得她有重視自己的需求，所以就成交了。

　　菜鳥有菜鳥的想法，老鳥有老鳥的考量，沒有誰對誰錯的問題。菜鳥想的往往很直覺也很正確，不過老鳥的考量往往是以大局來看，畢竟待久了，因此對問題的切入點及解決方式是截然不同的，但不是每個老鳥都是對的，資深房仲過於敷衍客戶的態度注定了業績不會太好，菜鳥房仲完全站在客戶的想法在篩選房屋，客戶跟她都不會疲於奔命，看許多間不必看的房子。一個是花很多時間看房子，一個是花很多時間篩選，時間上對兩人來說差別不大，但對客戶來說，天差地遠。

《12》恐怖平衡管理

文：老溫

　　許多公司裡都分派系、小團體，有些純粹只是聊聊天，但業務單位、研發單位、量產部門會有恐怖平衡管理的問題。原意是想造成大家之間的良性競爭，但最後的結局並不是每次都完美收場，有時會擦槍走火把事情越鬧越大。

　　早期聽過某公司辦理全國業務單位競賽，前三名分別可以得到不同的獎勵，結果就有財力雄厚的某兩組，除了自身的業績，暗中找人頭大量購入部份暢銷產品，造成業績遙遙領先的狀況，事後再以低於公司訂價慢慢出售，結果造成產品在競賽後的銷售不如預期，並將該產品的印象售價拉低了兩成左右，很多客戶趁機撿便宜，直到那些囤積的產品銷售一空，產品的訂價也因此受到消費者的質疑。

　　有些老闆會用兩個以上的研發單位，造成雙方或多方的時間壓力，讓他們的研發效率提升，如果真的是君子之爭，那對公司絕對是好事，但偏偏有人喜歡走小巷子，花精力探聽競爭單位，甚至偷取對方的資料，將對方的電腦硬碟偷走，塞一個空白的回去，這在研發單位或是創作單位時有所聞，人性的卑劣赤裸裸的展現。

　　研發單位太多，有時會讓公司的錢燒太快，此時可能就會面臨合併，讓原本的競爭轉為合作，如果之前是君子之爭，那麼合作可能是非常好的結果，但如果原本是惡鬥，那麼合作可能會變成惡夢一場。甲跟乙本來是兩個軟體研發部門的主管，

在公司已經鬥了一年多，經費越要越多，成員也越來越多，公司終於不堪負荷，董事長忽然間在早會宣佈兩個部門合併，裁員四成，並由戰功較多的甲領導，乙心有不甘，竟然在程式開後門，導致公司與客戶損失慘重，雖然乙受到法律制裁，但公司形象已經難以挽回。

　　某產品線因為產品大賣，必須加班或是增加人手才能順利出貨，結果廠長用了恐怖平衡，將人員分為兩組，產量勝的一方有獎金，想要將產量榨出來，不料日後客戶端紛紛傳回產品有重大瑕疵，公司必須全面召回該時段製造之產品，甚至更換新品給客戶，公司因此損失數百億元，股價也跌了將近五成，並在之後的市佔率節節敗退，一個錯誤的決定，就可能是一家公司的災難，並帶來難以收拾殘局。

《13》暗箭難防

文：老溫

　　身處在競爭又合作的環境裡，同事間的明爭暗鬥是免不了的，想要不被傷害，其實是有一定的難度，就算只想做個小職員，也難免被主管逼得選邊站，甚至充當馬前卒，第一個就被犧牲掉，幫了主管大忙卻同時揹上黑鍋，在公司內難以翻身，這也就是為什麼那麼多善良的人選擇了作業員的工作，他們只要安分守己，做好分內的工作就行，勾心鬥角的事他們連看都不想看。

　　他是剛進保險公司的業務員，充滿幹勁，直屬長官也非常欣賞，在幾個月後，他的業績開始下降，情緒也由樂觀轉為悲觀，之後連續兩個月業績掛零，主管見他已經毫無鬥志，便派了親信找他到附近的咖啡廳，對他勸說，跟他說再待下去只是浪費生命，於是主管跟親信接收他的客戶跟龐大的潛在客戶名單，他浪費了八個月後，黯然離開這家保險公司，而他的上司，就是利用這種方式把新人榨乾然後勸離，屢試不爽。

　　網路時代，真真假假，假假真真，不止是大公司養網軍，連稍具規模的餐廳也用網軍。某相機大廠新推出相機，找來自己培養的網紅跟網軍們，寫下一些幾乎毫無缺點的評測或開箱，這些評測基本上不夠客觀，但有另一種評測是惡意的，表面上公正客觀，卻把小缺點無限放大，甚至勸人別買這款相機，可能還會提到競爭對手的某款相機比較好，事實上，兩款相機各有優缺點，只是優缺點是否有被放大檢視而已。

　　從事餐飲業已經十年的他，一直都是生意興隆，這歸功於他的自我管理，他也要求員工盡量做到口味一致，某天在斜對面開了一家新的餐廳，擺明就是要來搶生意的，因為菜單大同小異，剛開始他並不在意，只是生意卻開始大幅下降，他的妹妹剛從大學畢業不久，幫他分析原因，發現網路上有許多不實的負評，而斜對面的餐廳則有許多正評，可怕的是這些評論的帳號幾乎完全相同，他氣得報警處理，不過這些帳號都是使用假資料，發文地點都是網咖，根本難以找到發文者，雖然最後這些負評被刪除，但傷害已經造成，他的餐廳生意從此浮浮沉沉，跟對面餐廳的關係形同水火。

《14》不能說的秘密

文：老溫

各行各業都有些不能說的秘密，又或者辦公室內的某些秘密，伴隨著網路直播，想要保有這些秘密越來越難，網紅們也拼命想挖這些秘密，提高自己的人氣跟收入，但大公司的管理階層也不是笨蛋，他們只好餵一些假秘密，或養一些網紅假裝揭發秘密，諜對諜的狀況跟電影情節沒什麼兩樣。

之前聽朋友說某汽車公司的數據造假，事件爆發後除了股價大跌，市值少了台幣一兆左右，又被罰款六千億，之後銷售量的減少，又讓市值更少了，這件事完全是因為這家公司有一個不能說的秘密，說了可能會讓公司破產的秘密，就像電影蜘蛛人的對白：秘密是要付出代價的。

對於基層員工來說，他們能夠接觸的秘密通常不算秘密，雖然競爭對手可能已經有了相同的配備或製程，但能不說還是別說，中階主管能接觸的，也許是競爭對手的未知領域，但高階主管或研發部門可以接觸到的，通常非常重要，所以許多大公司會要求簽訂保密條款，不過有錢能使鬼推磨，還是有許多商業間諜或是被惡意挖角的情形。

大企業家通常身價驚人，身邊的女人或是妻妾成群是很正常的，就算他不想要這麼多女人，還是會有很多女人前仆後繼想接近他的。所以，當你知道你的老闆有了辦公室外遇、應酬外遇、其他各種外遇，建議別說出去，因為這是另一種不能說的秘密，不過就是有人不信邪，跑去跟董娘通風報信，或許他

可以得到一筆為數不少的報酬，不過下場是成為多家公司永不錄用的黑名單，一輩子都無法再進入大公司，實在是得不償失。

任何秘密都是要付出代價的，尤其是商場上，台灣史上最大的食安風暴，餿水油、回鍋油、飼料油混充食用油事件，就是血淋淋的例子，但翻開維基百科，我們會覺得這類事件已經多到讓人麻木不仁，為什麼會有這麼這種事呢？只因為一個字：錢。一切都只是因為錢，企業想辦法壓低成本，獲得較高的利潤，出發點沒錯，但做法錯了，使用了不該用在食物的添加物或加工法，危害了無數台灣人的健康，因為舉證困難，吃下肚了如何證明食物有問題呢？所以許多黑心食品一再出現，等到東窗事發，黑心商人早已口袋滿滿，或是到另一個世界了，要怎樣求償？

《15》品檢員的重要性

文：老溫

　　那是很久以前的事了，當時我的母親在一家帽子工廠工作，老闆接了國際大廠的代工訂單，以為從此將飛上枝頭變鳳凰，結果卻是掉入地獄，永無翻身之日。話說四十多年前，台灣的家庭代工非常有名，我家因為自主管理甚嚴，因此鮮少被廠商扣錢，隔壁的女人比較隨便，久而久之就接不到單了，因此我的母親養成了品質第一的習慣，寧願少賺也不願交出瑕疵品。

　　正因為這樣的習慣，讓她在帽子工廠受到大部分同事的排擠，說她的品管太嚴格，老闆為了平息眾怒，要求我的母親放寬標準，我的母親當時就立即跟老闆辭職，並告誡他，如果不照標準做，肯定整批退貨，材料費跟員工薪水白花事小，廠商要求的賠償金額肯定非常巨大，老闆沒聽進去，一個月後，果然如我母親所言整批退貨，廠商要求五千萬的賠償，我記得當時的透天別墅，一間約三至五百萬，老闆散盡家財之外，二十多個員工也瞬間失業。

　　他是機工科畢業的，早已聽聞工廠要求甚嚴，但他並不知道他所應徵的公司更為嚴格，才一個星期，他就發現老闆真的是追求完美，近乎苛求的那種人，寧願丟棄超過九成的成品，只願意交出完美的產品。習慣了這樣的要求之後，所有老員工都會照老闆的意思，經過幾年後，公司的業績越來越好，公司股票也上市，最高價曾經超過五百元。

　　上一段的同學甲，選擇了當時也很火紅的公司，這家公司因為老闆交班，新的經營團隊只注重成本控制，卻不在乎產品的優劣，風聲很快就傳遍業界，沒多久就開始裁員、縮編、遇缺不捕，薪水也越給越少，最後直逼最低工資，接著發生大量員工辭職，甲也是其中之一，最後這間公司的規模越來越小，只剩下當時的一成左右。

　　所有出名的國際大廠都會很注重品質管理，尤其是那些越貴的產品，如果你有幸參觀他們的製造過程，就會知道那些貴死人的產品為什麼會那麼貴了。上面的例子，有人追求完美而上了天堂，也有人混水摸魚而下了地獄，全都因為品管的控制，這在高度自動化的現代，更為重要，因為一小批不良品，可能要召回數百萬的產品做檢測，甚至更換零件，花錢事小，公司形象被破壞了，影響層面是非常廣的。

《16》作業員的重要性

文：老溫

　　產品多元化的中小企業，很多時候都存在著一個現象，一個人只負責一個製程或是只製造單一產品。這種狀況沒有錯，因為熟練之後就可以增加產量，但卻也是風險最大化，如果沒有經驗豐富的幹部，可以隨時頂替任何一個作業員，只要其中一人離職或是請長假，這家公司就會立即面臨危機，交不出貨。

　　即使同一產品有二至三人負責其中一個製程，風險還是存在的，他是一個塑膠射出作業員，他的一個同事請喪假，另一個新人覺得吸入太多不喜歡的味道，連工資都不要，就打電話告知組長他不幹了，本來三人一組的生產量還算穩定，結果一下子只剩下三分之一，組長跟副組長只好雙雙跳下來補足產量，但他們原本頂替的部份，就只剩下三分之二，偏偏機台出現狀況，此時變成另外一組產量只剩三分之一，看似穩定的工廠一下子就大亂了，因為他們必須重新調整人力的配置，計算每個小組的產量，否則就會造成無法出貨的窘境，公司規模不夠大，而產品種類多就會有這類問題，解決的方式就是培養更多的全能型幹部或作業員。

　　或許自動化跟半自動化生產已經大幅提高良率的問題，不過在許多行業，還是依賴人工，例如建築，他是一個專業的綁鋼筋師傅，速度快、精準度好，可惜愛喝酒，某天晚上酒後騎車跌倒造成骨折，必須休養半年甚至更久，他目前蓋的房子，工頭是他的好友，這下工頭只好臨時調了其他師傅來綁鋼筋，

由於沒合作過，工頭只好花很多時間盯著新來的師傅，果然，這個師傅功力不足，效率低落之外，電話又特別多，有時還會漏綁，幸好工頭也會綁，不然房子的進度可能會被拖延。

　　就算是便當工廠的切肉作業員，都是非常重要的，切太薄，客戶抱怨就算了，可能會造成之後的生意不好，切太厚，可能會增加過多的成本，減少獲利，還可能造成油炸時間太長或太短，太長也是增加成本，太短可能造成外熟內生，客戶吃了不熟的豬肉可不是開玩笑的。而雞腿也一樣，如果在油炸前少切兩刀，保證皮都焦了但裡面還是冰的，偏偏大量生產時，有些員工會偷懶，那兩刀劃得不夠深，客戶常吃到不熟的雞腿，於是工廠的生意就一落千丈。

《17》該沉默還是出風頭？

文：老溫

　　雖然中國文化一直鼓勵大家做人要謙虛，但這在現在的社會到底適不適用呢？雖然要看是什麼場合，不過，這裡要說的是職場，很多時候，不表現等於默認自己不會這樣也不會那樣，在主管眼中，簡直就是廢物，最後只能做一些最低階的工作。

　　她的英文程度不錯，人事資料有填寫，可以對答如流，貿易的一些法律也都熟悉，但她的個性內向，在一次會議中，董事長要找一位翻譯接待外賓，她沒有舉手，一位新進員工自告奮勇，但對公司業務不夠深入，結果搞砸了生意，讓董事長非常生氣，翻了人事資料後，還找了她去質問，她啞口無言，只能站在那裡聽訓。

　　他是剛從大學畢業不久的高材生，對於新式的製程有相當的研究，可惜就是嫩了點，幾乎沒有實作經驗，他找到一份工作，會議中正在討論如何讓塑膠袋的生產完全自動化，人力只是維修、進料、檢視等，老員工們個個啞口無言，董事長問了他的意見，他站到白板前，畫了幾個簡單的圖案，接著說明如何運作，預估產量有多少等等，董事長要他寫一份企劃案，四天後，一本三十多頁的企劃交到董事長桌上，董事長看到預算時嚇了一跳，董事長告訴他，公司沒有這麼多錢可以購置這些設備，他告訴董事長，如果設置之後，多久可以回本，多久可以賺到多少錢，而且只需要多少的人力成本，董事長答應了，花了三個月，終於可以開始量產，於是他只花了八個月就升上

副廠長的位置，並在未來的三年幫公司增加七條類似的生產線，此時廠長退休，他正式成為廠長，年薪將近二百萬。

　　上述的故事中，新進員工高估了自己的能力，導致公司無法跟國外客戶難以溝通，最終含恨收場，如果他能做足了準備，相信就不是這樣的結局了，又或者她挺身而出，就可能得到完全相反的結局，她的沉默，讓自己的公司損失了一個客戶，該客戶隨後跟競爭對手合作，並給了許多訂單。他的自信與企劃，說服了董事長以貸款五千多萬的方式更新了製程，不但沒有拖累公司的財務，反而讓業績大幅成長，獲利自然不在話下，之後更發展成為上櫃公司之一，如果他當初沒有站到白板前，恐怕公司已經被時代淘汰。

《18》董事長想法

　　他是一家腳踏車零件供應商的董事長，有一些非常特別的想法與做法，也因為這些方法，公司的員工流動率非常低，主管階層更是十年如一日，公司營業額從每月數百萬，增加至目前每月五千萬，有時甚至將近一億，是什麼原因？讓這些員工心甘情願付出青春，甚至一輩子在此賣命呢？

　　一般職員，應該沒有人敢在董事長面前看報章雜誌的，更不可能在他面前聊天、吃點心，在這家公司，研發部、業務部還有主管是沒有限制的，想吃就吃，想聊就聊，董事長甚至買了一些書放在休息室，業務部的所有人，都被規定要看完各大報及雜誌的主要新聞，跟客戶見面時，才能聊到時事，或是財經、健康議題，甚至針對客戶喜好去挑選書籍。

　　關於品質，是董事長最關心的，他採用的是連坐法，良率太低，是整個製造部門的薪水降至基本薪，良率高，除了薪水變高，還有獎金制度，因此從上到下都不會有人跟錢過不去，品管部門絕對不放水，如果因為品質問題被客戶退貨，品管部也是薪水降至基本薪，連年終獎金也沒有，所以品管部的檢查非常嚴格。

　　一位能力不錯的幹部，因為車子被追撞，導致車子前後嚴重毀損，董事長知道以後，找他到辦公室，說要買一部新車給他，只要他跟公司簽下五年的合約，這名幹部想都沒想就簽了，目前，他在這家公司已經十四年，早已超過五年。後來更因為

這個案例，發展出一套標準，資深員工的換車補助，以保障員工的交通安全，也等於保護公司的人力資源。

　　在趕著出貨時，加班是必要的，除了供餐飲，在加班費上的計算也是相對寬鬆，在勞基法還沒更改的年代，這家公司的加班費算是非常高的。董事長甚至鼓勵員工在職進修，只要跟公司有相關的新知識，都會全額補助，而且可以使用部份的上班時間去上課，或是購買書籍、學習軟體等，也因此這家公司的職員，能力都非常強，專業知識非常充足，英文能力也都有一定程度。在董事長的領導下，這家公司終於股票上櫃，而他最終將棒子交給了最有能力的人，只保留了股權給自己的兒子跟孫子，完全退出公司的經營。

《19》講師的重要性

文：老溫

　　她是一家傳銷公司的講師，她的師傅當然也是，師傅因為身體不佳，離開了那家公司，在離開之前告誡她，說要誠實，不要欺騙，否則後果會非常嚴重。她沒有放在心上，卻接受了董事長的指示，誇大了部份產品的功效，也欺騙了所有來上課的新人，說他們的產品獨一無二，沒有競爭對手，產品價格也非常合理。甲女是傳銷老鳥，下課後就馬上查詢資料，發現這家公司已經被罰款多次，都是誇大功效，而且競爭對手非常多，糟糕的是價格訂得非常高，把消費者當肥羊。

　　甲女的朋友乙女也去上了課，第二堂課卻沒見到甲女，心裡覺得奇怪，於是約了甲女見面，這才知道已經上了賊船，因為乙女已經繳了七萬多元，當了銷售經理，甲女勸乙女把貨退一退，趕緊離開，只是退款過程遇到了其他同學，乙女把甲女告訴她的內幕說了出來，這下不得了，兩天內就十多個新人退款，最後整批上課的新人幾乎完全退出，她失去講師的工作，也失去了她找來上課的幾個朋友。

　　他是一家精密機械廠的製程講師，他把自己的經驗毫不保留的教給新進同仁，也宣揚老闆的理念，寧願虧本，也不能交出有瑕疵的產品，出廠的產品一定要完美。有這樣的老闆，品管部一定非常嚴格，因此大多數員工都非常清楚，只是少部份的新人難以適應，他們覺得不合理，所以就離職了。久而久之，他教過的學生，多半都能勝任公司的工作，並且得到較高的薪

資跟獎金，因此，製造部門的向心力越來越高，十年下來，大家都變成老鳥了，回頭一看，幾乎每個人都買車了，有些人也買房了，單身漢也只剩下剛進公司半年的新人。

這家精密機械公司，從原本的資本額三千萬，在二十年的時間擴充為四十五億，獲利從每年幾百萬變成三十億至六十億之間，股價一度高達七百多元，除了老闆追求完美的態度，講師能無私的將自己的經驗毫不保留的公開也是非常重要，當年他是所有作業員中良率最高的，老闆發現後便要求他製作教材，訓練新人，並實際示範如果操作，這個重大的決定讓這家公司揚名立萬，成為業界的翹楚。

《20》無塵室

文：米樂

　　更衣室裡清一色都是女人，大部份是菲律賓人，少數是台灣人，她們脫去厚重的外套後，換上無塵衣、鞋、帽，還有防靜電手環、口罩、手套，然後匆匆的上了生產線，日復一日，有些移工的時間到了，就會回家，但這只是少數，多半是存夠錢了才會離開。至於台灣人，就是找一份穩定收入，至於升遷，那是遙不可及的夢想，頂多是十年八後升到小組長，累得像條狗，每月多拿三千，意義不大責任卻很大。

　　這家公司是半導體業的國際大廠，主要的業務是封裝及測試，生產線上多半是外籍移工，台灣人很少，台籍勞工更少，主要都是幹部居多，她是少數的台籍女勞工，不喜歡被綁在機台旁，所以選擇了粗重的工作：推成品或原料，這樣比較自由，也因此，生產線上大部份的菲律賓移工都認識她，加上英文不錯，所以她就跟這些移工培養了一定的情誼。不過，這個職位的問題就是獎金少，薪水也低，過沒多久她就辭職了，而這個職位就是這樣，一直在換人，找不到人的時候就找新人來頂，直到有人志願擔任。

　　可替代性高的職位就是這樣，薪水低，願意做的人少，再不就是流動率高，她因為急需需要一份收入養家，所以找了一個 CNC 機台操作員的工作，每天的工時只有六小時，薪水是時薪，沒有全勤獎金，每月幾乎都是工作 22 天，吃飯還要扣 80 元，最糟的是工作環境很吵，全身弄得髒兮兮，衣服也很臭，

這對一個女人來說簡直是地獄,好不容易熬過試用期,她希望老闆將她轉為正職的八小時,老闆冷冷的回答:要就繼續做工讀缺,不然就辭職。沒錯,老闆不可能將女性操作員升為正式員工,可是收入這麼低,她只好騎驢找馬,花了半年才找到工作。

從 CNC 機台操作員換到無塵室裡推成品或原料,她心裡其實蠻高興的,因為這裡沒有高分貝的噪音,而且是正職,不會髒ㄅㄨ也不會臭,薪水雖然不高但已經差強人意,所以一待就是五年,直到那一天,她因為車禍腳受傷,公司找了別人頂替,而她的腳傷一直無法復原,最後只好辭去工作,不然,她應該會一直做下去,只可惜,她的腳傷拖二年多才復原,此時她已經超過 40 歲了,她回不了這家公司,要找個工作也不容易了。

《21》 海外分公司主管

文：米樂

公司要拓展海外市場，在開會時希望有志願者，能夠出任區域經理，即使薪水高達十五萬，還有返鄉機票、全額補助住宿、生活費全額補助，不過沒有人願意舉手，原因很簡單：英文不夠好、能力不夠、有父母或小孩需要照顧，這時，單身又有企圖心的人最有機會，但通常都太年輕，不夠穩重。

她已經四十歲，對於成家立業已經不抱任何希望，能力足夠，英文也不錯，自然就成為會議上的焦點。不過，她不想去的理由也很多，她是弱女子，怕被搶劫、強姦，需要一個好的助手，父母都快七十歲了，最多出國五年，就必須回國照顧父母，董事長親自選了一個年輕人當她的助手，並答應她，五年後就可以回台灣。

不過事情並沒有這麼簡單，光是辦公室的籌備就花了半年，因為裝潢的公司看準了她是弱女子，故意將價格改來改去，完工時間也一直無法確定，導致她的能力被公司懷疑，最後雖然可以開始營業，卻遇到靠檢舉維生的人前來威脅，不給錢就檢舉，她報警處理卻引來更大的麻煩，警察也是希望她交保護費，以免遭受不良分子騷擾或破壞，她回報董事長，不過董事長卻希望她能夠自行解決，她終於受不了，向公司辭職，董事長告訴她，辭職需賠償損失數百萬，她只好硬著頭皮繼續撐下去。

好不容易解決了警察跟靠檢舉維生者的問題，一名自稱消防檢查員的人，天天上門找麻煩，他要的不是錢，而是要她的

身體，這下年輕的助手忍不住了，拿起棒球棍就朝他招呼，瘋狂的打了約十下之後，那人倒地不起，送醫後不治死亡。年輕的助手被判刑十年，她雖然躲過法律的制裁，但是害自己的助手入獄，總是過意不去，於是經常到監獄探視。

業績的壓力讓她幾乎喘不過氣，但那些外國商人非常狠，除了回扣、壓低價格，還要求性招待、送禮，為了生存，她只能繼續忍氣吞聲，幸虧她應徵到一個住在當地許久的華裔當助手，終於扭轉情勢，慢慢將業績變好，再也沒有人來找麻煩了，兩人感情越來越好，最後她決定跟他結婚，雖然沒有生小孩，但日子也過得不錯，唯一的遺憾，就是助手入獄的事，讓她難以釋懷。

《22》辦公室之小三四五六七

文：米樂

　　我愛他，他也很愛我，但我們不能結婚，因為他已經結婚了，有兩個小孩，老婆不願離婚，小孩也不同意，這是許多小三四五六七都會遇到的問題，成全了自己，就會拆散另一個或更多家庭，不成全自己，除了不甘心，也不願意放下辛苦經營的感情，左右為難。

　　她是我的朋友，幾年前來找我訴苦，原來她愛上了有婦之夫，我實在沒辦法幫她什麼，因為我覺得那是她的人生，我無法給她什麼建議，我告訴她，如果對方不願意放棄現在的家庭，就是不夠愛她，但如果對方放棄了現在的妻子跟兒女，那表示他根本不在乎他們，以後也未必會在乎她。也許她沒聽進去，雖然點頭如搗蒜，還是一心想跟這個男人在一起，最後還是傷心收場，下面一段是她的心聲，真的很蠢，至少我覺得蠢到爆。

　　跟他在一起的時候，我很快樂，也很甜蜜。
　　他很疼我，常常送禮物給我。
　　在床上時候，很溫柔也很粗暴，我很享受。
　　可是，他不能抱著我過夜，所以每晚我都很空虛，當他起身穿上整齊的衣物準備回家，我就開始陷入痛苦。
　　他不能陪我回家過年，那幾天，我就像活在地獄般痛苦。
　　情人節那天的燭光晚餐，他失約了，我找不到他，事後也不解釋，於是，我們吵架了，吵翻天，然後一個月後才見面，他看我的眼神好陌生，我知道他是來提分手的，可是

我衝上去吻了他，一番乾柴烈火之後，他再也沒有出現，老闆說他辭職了。

另一個女孩，愛上花心蘿蔔富二代經理，我覺得更蠢。

我喜歡他的高與帥，還有笑容。
我不要名份，只要能和他約會，我就滿足了。
我不在乎他有幾個女朋友，跟他一起時，他就是我的。
我不在乎同事怎麼看我，只要我快樂就行了。

但經理的元配知道了，三個班別共四個女友，鬧得全公司上上下下都知道，一些客戶也知道了，聽說外面還包養了一個逆天長腿辣妹，董事長是經理的親戚兼長輩，溝通之後便拔官了，經理最終跟元配離婚，不過沒有跟這五個女孩結婚，他心知肚明，這些女孩就是虛榮而已，再不就是貪圖他的財富，但花心的他始終不缺女友，聽說他自己開了家貿易公司，玩起相同的遊戲，腳踏五條船。

《23》我不是酒店公關

文：米樂

　　業務經理經常需要到酒店應酬，久而久之對女性的觀點產生偏差，經常對一些新進女職員毛手毛腳，但夜路走多總會遇到鬼，一名女員工心有不甘，投訴之後竟被辭退，將證據拿給週刊報導，重創公司形象，也損失了幾個以女性為權力核心的客戶。

　　經理，我不是酒店公關，請你放尊重點。
　　經理，我已經結婚了，請你放手。
　　經理，你再這樣，我就跟老闆投訴。
　　經理，請你放手，並跟我道歉。

　　不過經理完全不理會，女員工只好裝置偷拍設備，累積了一定的資料後，找到週刊，把資料給他們報導。

　　讓妳受委屈了，可是他是我的堂弟，也是公司大股東，所以只能請妳離職。
　　我知道他手腳不乾淨，可是我必須靠他打天下。

　　董事長的回應讓女員工非常憤怒，這也是她決心要把資料拿給週刊的導火線。

　　另外一種更糟糕，騙新人說可以幫她升職，但必須接受潛規則，最後當然沒有升職，新人被騙得團團轉後，恨得牙癢癢，卻因為什麼證據都沒有留下，黯然離開傷心地。

我知道妳缺錢，只要妳能讓我開心，很快就能升職。

結婚了更好，這樣妳以後就不會纏著我，我也不必擔心妳會跟我要求更多。

妳解決我的需求，我也解決妳的需求，很公平。

我不是酒店公關，我做不來，而且我有男朋友了。

我已經結婚了，我不能背叛我老公。

我是缺錢，也希望升職，但不想走小路。

職場上永遠有這類的事，我知道有些保險經紀會陪大客戶上床，也聽過地產經紀做相同的事，更親眼看過股票經紀在大戶的車上，接著進了汽車旅館，但這些都算你情我願，雙方各取所需而已，不會發生什麼大事。但做這些事的人不止一個女人，為了搶奪客戶，她們會把客戶寵壞，他們的要求越來越多，但女人能拿到的越來越少。

為什麼只簽十萬？你答應我簽三十萬的。

只要你買下這間房子，我就跟你玩幾天。

董事長，你下單越來越少了，這樣我怎麼過活？

今年已經買五十萬了，沒辦法繳更多了。

什麼時候陪我去帛琉玩幾天？

妳不想做也沒關係，反正很多人搶著做。

　　於是這些女人陷入無止境的掙扎，該不該為了錢出賣自己的靈魂？背叛愛自己的男人，只是為了錢，但，誰不是為了錢才低頭的？

《24》閨蜜變仇人

文：米樂

　　團結力量大，這是大家都知道的，在一家內衣公司裡，一個上司跟一個助理，是非常要好的朋友，也就是俗稱的閨蜜，助理每天工作十到十一小時，並把上司安排的工作都做到接近完美，上司也因此受到老闆的重視，職位一直往上，直到總經理，但那也是她最後的榮耀，那一年，總經理領走了三千萬的年終獎金，助理只領了十五萬。

　　妳領那麼多，為什麼我領這麼少？

　　憑什麼有功妳領，有禍我擔！

　　為什麼事情都是我在做？妳根本什麼都不懂！

　　妳把我當朋友還是當佣人？為什麼到現在我還要幫妳買咖啡？買妳喜歡吃的甜點。

　　妳把我當墊腳石，現在高升總經理了，卻不幫我加薪，年終獎金還跟外面那些新進人員差不多。

　　妳是助理，薪水三萬五已經很高。

　　妳是助理，妳不擋子彈，誰幫我擋？

　　我是什麼都不懂！所以事情才交給妳做。

　　是妳自己要當佣人，不會找新人幫忙。

　　如果妳的薪水高、獎金高，董事長一定會發現，我什麼都得靠妳。是妳自己蠢，識相的話，現在就把東西收一收，明天別來了。

於是助理一把鼻涕一把眼淚，開始收拾，沒幾天就投入敵營的懷抱，因為她深知對手所有的秘密，於是很快就得到重用，並且寫了一套如何搶走敵營生意的企劃案，並且即刻進行，經過一年，銷售量一消一長，總經理被拔官降級，助理則成了敵營的權力核心。

原來是妳，難怪公司的銷售額變這麼少。

沒想到，妳下手這麼重，害我打回原形，回去設計部。

真是報應，我應該把妳留在身邊的。

沒錯，就是我，妳應該記得，所有事情都是我在做，妳根本什麼都不懂。

下手重？妳領三千萬的時候，分給我多少？沒有，一毛都沒有，還說那是妳應得的，記得嗎？

我為妳做牛做馬，妳給我什麼？什麼都沒有！留在妳身邊繼續做牛做馬嗎？

兩人從閨蜜變成仇人，從此不相往來，回到設計部當個小職員的總經理，坐在繪圖桌前，恍然明白助理說過的話，她確實什麼都不懂，畫的圖根本難以量產或是不好穿，對公司來說，除了增加許多生產時的人力成本、增加大量庫存，還降低了消費者對產品的信心，她錯了，也輸了，輸掉了榮耀，還有最珍貴的友誼。

《25》沉默的羊群

文：米樂

　　叛逆需要無比的勇氣，和無止境的代價堆疊而成，因此，大多數的人在職場中會選擇順從，也就是成為沉默的羊群之一，只要有草吃有水喝就行，反正被狼吃掉的不會是我，等狼來了再決定怎麼辦。在一大群作業員中，任何人都只是一隻羊，不能挑戰任何一個細節，連小組長也是，甚至連廠長也是。在全球化的市場裡，誰的品質好、價格低、產能高，誰就是王者，而這王者統治了無數的羊，幫他拿下市場。

　　組長：客戶那邊有急單，能加班的就留下。
　　廠長：產品賣得很好，客戶希望零售店不會缺貨。

　　這是比較客氣的說法，沒有硬性規定加班。

　　組長：從今天開始，必須增加三成產量，也就是加班三小
　　　　　時。
　　廠長：如果產量不能達到客戶要求，獎金就全部取消。

　　這種說法，不加班的就是不聽話，早晚被邊緣化。

　　作業員甲：我需要回家照顧小孩。
　　作業員乙：我需要到醫院照顧父親。
　　作業員丙：我需要到醫院回診，我的膝蓋還在痛。

　　這是說得出口的，主管雖然臉色不好看，但還不至於刁難。

　　作業員丁：我很累了，想回家休息。

作業元戊：我已經跟男朋友約好了。

作業員己：我生理期，還得加班？

作業員庚：我想回家看父母，我已經一個月沒回家了。

這是不容易說出口的，說了未必能過關。

管理是門大學問，太鬆，肯定撐不起全球化的訂單，太緊，員工的身心健康早晚出問題，傳出去的話，公司招募新人不容易，惡性循環下，加班必然成為常態。

表姊是公司的夜班廠長，她帶領了一千五百個女作業員，可惜公司政策太鬆，員工對加班愛理不理，連外勞也是，在競爭對手的強逼下，規模越來越小，最終只剩一百多個員工。表姊憑著廠長的頭銜，很快的找到了工作，但這家公司根本不是人待的，什麼都很嚴格，可是員工們都很資深，幾乎不太變動，也任勞任怨，表姊這才明白，之前的公司管理太鬆，但這間公司的員工也太厲害了吧？！她們是拼了命在賺錢。

作業員甲：我還有一千兩百萬的房貸。

作業員乙：我老公跑了，還有兩個小孩要養。

作業員丙：我想存錢環遊世界。

作業員丁：我想買新車。

作業元戊：我兒子唸私立大學，需要很多錢。

作業員己：我以後想開咖啡廳，需要幾百萬。

錢不是萬能，但沒有錢是什麼都不能！

《26》女人為難女人

文：米樂

　　貴婦是百貨公司專櫃的常客，專櫃小姐對她們卻是又愛又恨，女人為難女人的戲碼一再上演，為了生活、為了賺錢，專櫃小姐只能選擇離職保全尊嚴，或是繼續奉承，挖這些大戶的口袋，反正挖不完，就用力挖吧！

　　貴婦：妳看這件適不適合我？好看嗎？

　　櫃姐：好看！很漂亮。

　　貴婦心想：真的嗎？是不是騙我，這笑容好假。

　　櫃姐心想：醜死了，這麼胖還穿緊身的。

　　貴婦：能不能打七折，今年我已經買十幾萬了。

　　櫃姐：公司規定最多只能打九折，我已經把獎金折進去了。

　　貴婦心想：我不信，一定是騙我。

　　櫃姐心想：這麼有錢還要打七折？真討人厭。

　　貴婦：有沒有漂亮的新貨？來的時候通知我。

　　櫃姐：一定，一定，我一定第一個通知您。

　　貴婦心想：怎麼都沒有新貨，到底在搞什麼？

　　櫃姐心想：再漂亮的衣服，穿在妳身上也不怎樣！

　　貴婦：介紹一些好的保養品給我，要貴一點的。

　　櫃姐：沒問題，這個牌子好，一系列的，最適合您。

　　貴婦心想：真的假的？真的有效嗎？

　　櫃姐心想：這麼老了，擦什麼都一樣。

貴婦：有沒有適合我的內衣？

櫃姐：當然有，但穿起來會不太舒服。

貴婦心想：不舒服還介紹給我，想把我勒死嗎？

櫃姐心想：拜託，去大尺碼專賣店吧！

貴婦：這雙高跟鞋很好看，穿起來好走嗎？

櫃姐：您試看看吧！喜歡再說。

貴婦心想：是想摔死老娘嗎？根本寸步難行。

櫃姐心想：拜託，先減肥好嗎？

貴婦：這件大衣很漂亮，可以找人送到我家嗎？

櫃姐：當然可以，我現在就幫你安排。

貴婦心想：是賺我多少錢？笑得這麼燦爛。

櫃姐心想：大客戶，以後要用力宰，哈哈～～～

　　我看過那種眼睛長在頭頂的貴婦，目空一切，搭的車價格超過一千萬，脖子上的項鍊跟戒指也是超過千萬，衣物少說也十萬八萬的，年輕時應該很漂亮，所謂徐娘半老用在她身上也挺合適，但為何選在人潮雜沓的地方用餐？實在讓人難以理解，她是想氣死自己？還是找不到炫富的舞台？

貴婦：你們這裡什麼比較好吃？

女服務生：都很好吃。

貴婦：最多人點的？

女服務生：東坡肉飯。

貴婦：很肥耶！想胖死我嗎？

女服務生：那就鱈魚飯。

貴婦：炸的還是清蒸？

女服務生：炸的。

貴婦：有沒有清淡點的。

女服務生：這是菜單，您慢慢看，下一位。

《27》性別歧視

文：米樂

　　她是一個能力非常強的設計師，公司高層也很器重，很多事都讓她全權處理，也都能夠圓滿達成任務，但因為是女性，所以在職位的升遷、薪水、獎金上，都無法反應，聽完她在公司的狀況，讓人搖頭，這家公司對待女性，竟然存在著這麼可怕的歧視。

　　一：為什麼他什麼都不會，薪水只比我少兩千。

　　二：品管部無法自行作業，常常需要我當講師，為什麼他們的薪水都比我高？獎金也比我多？

　　三：我熟悉全部的製程，連 ISO 都是我制定的，為什麼連一個組長都領的比我多很多？

　　四：我把公司的庫存量控制得這麼好，你卻把功勞算在他身上，好像完全不關我的事？

　　五：我把製程簡化，讓良率上升，幫公司節省許多成本，連一句誇獎都沒有，真的讓人傷心。

　　六：我的女性下屬，領的只是基本薪資多一點。

　　七：公司除了業務部的薪水，相同職位都是男高女低。

　　八：難道只有男生需要養家活口，女生都不用，薪水差這麼多，真是太欺負人了。

　　但相同的事不止發生在一家公司裡，另外一個行業，存在著更可怕的歧視，同工不同酬，還刻意壓低女性工時，讓她們

變成工讀,如此就能減少全勤獎金跟績效獎金,聽完她的抱怨,我實在是無言以對。

一：公司只有男生是正式員工,女生都算時薪。

二：公司只有男生可以領績效獎金,女生都算時薪。

三：全勤也沒用,只有男生可以領全勤獎金。

四：女生的產量明明跟男生差不多,可是薪水卻差很多,還故意把工時調整為七小時,讓女生領更少。

五：男生有員工宿舍,女生沒有。

六：每天弄得髒兮兮,頭髮都是機油味,工作環境又吵,只給我們這麼少錢,是要怎麼過日子?想兼別的工作又很尷尬,時間上很難配合。

七：是不是吃定我們已經老了?不容易找工作。

八：有時連假多,一個月工時不到110小時,領不到兩萬。

九：一切都是為了兩個女兒,不然我根本撐不下去。

十：要不是為了養家活口,我真的想離職。

十一：吃飯還要扣七十元,有沒有良心啊?

上述兩個例子,都是女性無法升職,即使能力足夠也不行的狀況,薪資跟獎金也都是領得少很多,因此讓她們憤憤不平,但這就是一些中小企業的真實狀況。

《28》移工大軍

文：米樂

　　移工，就是以前所說的外勞，在台灣的數量是越來越多了，他們主要來自泰國、越南、印尼、菲律賓，根據國家發展委員會的資料，2019 年底的產業移工總數約為 46 萬人，社福移工約為 25 萬人，亦即兩者的總合超過 71 萬人，相較於 2011 年的 38 萬人，大約增加了 86%，71 萬人是什麼概念呢？台灣只有六都跟彰化縣、屏東縣的人口超過這個數字，這麼多人離鄉背井來台灣工作，所以才稱他們為移工大軍。

　　他是泰國來台許久的移工，已經 42 歲，會說中文。她是台灣的品管部主管，26 歲，兩人因為下班時間相同，久而久之，移工喜歡上女主管，他們之間發生了什麼樣的事呢？

　　移工：一起去吃宵夜，好嗎？
　　女主管：在那裡？你先去，我等等開車過去。

　　移工：我領了年終獎金，買了一件裙子給妳。
　　女主管：這怎麼好意思，你留著送女朋友吧！
　　移工：這些年終獎金，給妳當過年的紅包好嗎？
　　女主管：不行啦！你工作那麼辛苦。

　　移工：這花送妳！（他捧了一束紅玫瑰）
　　女主管：不行啦！這樣大家會以為我們是情侶。
　　移工：我很喜歡妳，妳可以當我的女朋友嗎？
　　女主管：不行！我們只能當同事。

移工：喜歡吃蚵仔煎嗎？還是肉圓？下班一起去吃。

女主管：你還是不想放棄，對嗎？

移工：每天可以看到妳，我就很高興了。

女主管：你這樣不行啦！我們只能當同事，好嗎！

移工：只是一起吃飯，都不行嗎？

女主管：我今天沒時間，再見。

移工並沒有這麼簡單就放棄追求女主管，他想辦法知道女主管的姓名、分機號碼、手機號碼，甚至上班提早的時間都查清楚了，為的就是見她一面，打個招呼都好，或許很癡情，不過女主管實在無法接受一個年紀大她 16 歲的移工當她的男朋友，所以他們始終只是同事，在努力許久仍然被拒之後，移工有幾個星期都喝到爛醉，他應該是覺得很受傷，後來就回國了。

女主管心想，為什麼是我？他那麼老了，而且是泰國移工，為什麼追我？一起吃飯就算了，還送花，最可怕的是想把年終獎金都給我，他到底在想什麼？被我拒絕之後還跑去喝酒，聽那些泰勞說他喝了幾個星期，而且傷心欲絕，我跟他又沒怎樣？真是讓人啼笑皆非！

《29》人比人氣死人

文：米樂

這世上，有一件事是千萬不能做的，那就是什麼都拿來比較。比老公職位、年收入、存款、股票、住的房子多大多豪華、車子是什麼牌子的、鑽戒幾克拉、項鍊幾千萬、手上的皮包是某名牌的、手表、衣物、鞋子、連內衣褲品牌也不放過，最後連小孩的成績也拿出來比了，再不就是比學校的學費有多高，要知道，人比人是會氣死人的。

話說某上市公司的自行車隊，某日在騎了十幾公里後休息時的狀況，一名職員問幹部自行車多少錢買的？幹部說只有十一萬左右，不算太高級，職員聽完心裡五味雜陳，自己花了六萬多買的已經很貴，沒想到還有更貴的，另一個職員聽完之後心裡恨得牙癢癢的，他昨天才買的新車，花了一萬多就被老婆唸了快兩個小時。

該公司還有個攝影社團，狀況差不多，一個經理正侃侃而談自己買的相機跟鏡頭，說一共花了一百五十多萬，大部份都是為了拍鳥、拍運動員，還改裝了一部休旅車，專門拍鳥用的，又花了兩百多萬。一個新人好不容易湊足了七萬，買了一部單眼，還有一隻微距鏡跟便宜的旅遊鏡，聽到經理這麼說，眼淚都快流出來，自己存一輩子，都可能無法存到五百萬，經理光是攝影器材就花了四百萬。

玉市裡，不止是玉石的交易，還有水晶、珠寶。她有一次在裡面逛，看見一攤珠寶非常特別，於是就聊了一會，這才知

道老闆娘身價將近兩億，為了幫老公拓展業務，才會委身在破舊髒亂的公園玉市擺攤，主要目的還是發名片，運氣好就多少賣一些，老闆娘問她是否喜歡這些珠寶，她說非常喜歡，可是買不起，她跟男朋友是水晶零售商，花了一百多萬進貨，身上現金不多，老闆娘也嘆了氣，因為老公也是這樣，貨越來越多，可是都沒看到現金，幾億元的珠寶擺在店裡面，只好拿一些來玉市，看能不能換一些現金回來。

　　她後來去參觀了一間朋友推荐的水晶店，店內的一些高級雕刻跟水晶球就價值千萬，她知道，該是做市場區隔跟客戶定位的時候了，因此她下定決心，不再碰那些高價的雕刻，並開始學設計，自己綁一些獨一無二的款式，終於走出自己的路，從此不再被高單價的雕刻綁住。

《30》辦公室戀情

文：米樂

　　一間上市公司的總經理，年薪加分紅超過五千萬，他四十二歲，身邊有十幾個女人想跟他在一起，但能夠跟總經理談上話的，只有秘書跟司機，司機是男人，所以只有秘書能長時間跟他說話，加上董事長是他的父親，實際掌權的就是總經理了。因此秘書跟總經理之間的辦公室戀情就很容易展開，只要秘書夠美，總經理是很容易掉進愛情裡的，即使他的家中已經有個「賢妻良母」。

　　秘書不介意這樣的關係，很多事業有成的大老闆都一樣，三妻四妾很正常，秘書要的很簡單，有車有房有銀子，有了孩子便退休。總經理答應了，於是秘書變成了總經理的第三個老婆，但好日子可不是那麼容易的，總經理在四十九歲生日那天的慶生後死了。原因很簡單，現任的秘書也接受了總經理的追求，成了他第五個老婆，公事繁忙加上四個女人輪番轟炸，他過勞死了，唯一沒有加入殺夫行列的元配，她已經五十歲，早已不期待老公對她有任何遐想。

　　總經理死後，按照法律規定，元配跟她的子女可以分到不少遺產，不過，五個女人的戰爭就此開始，在驗了 DNA 之後，總經理的六個小孩可以分遺產，如果大家各退一步，那麼就不必打官司，不過總有人覺得自己應該多得一些，於是就必須上法院，並舉出對自己最有利的證據，於是每個人都把自己跟總

經理的性愛錄影拿出來，也把社區管理員找來當證人，證明總經理一年來自己的住處多少天，還有總經理跟小孩的合照等。

官司終於落幕了，元配已經人老珠黃，連最後才加入的第五個老婆也已經三十五歲，她什麼都沒得到，也離開公司，六個小孩分成三派，大老婆跟二老婆各生了兩個，也就成了兩派，三老婆跟四老婆是師徒也是朋友，她們心知肚明，總有一天要面對目前的狀況，所以她們決定合作，保護自己跟孩子的利益。董事長沒有意見，因為總經理是獨子，他也已經高齡八十，於是他把遺產分配給六個孫子或孫女，並把他們找來，希望他們可以攜手合作，可惜未能如願，大老婆跟二老婆的四個小孩為了爭奪公司的經營權，不惜將事情鬧得沸沸揚揚，接著大老婆的兒子跟父親一樣，當上總經理後，家有賢妻，辦公室有秘書，生產線上美女也不放過，很快就讓三人生下小孩。

國家圖書館出版品預行編目資料

職場冷暖集／老溫、米樂　著.—初版.—
　臺中市：天空數位圖書　2020.10
　　面：公分
　　ISBN：978-957-9119-94-8（平裝）

863.55　　　　　　　　　　109016477

發　行　人　：蔡秀美
出　版　者　：天空數位圖書有限公司
作　　　者　：老溫、米樂
編　　　審　：米蘇度有限公司
製　作　公　司　：乙文有限公司
出　品　公　司　：傑拉德有限公司
版　面　編　輯　：採編組
美　工　設　計　：設計組
出　版　日　期　：2020 年 10 月（初版）
銀　行　名　稱　：合作金庫銀行南台中分行
銀　行　帳　戶　：天空數位圖書有限公司
銀　行　帳　號　：006-1070717811498
郵　政　帳　戶　：天空數位圖書有限公司
劃　撥　帳　號　：22670142
定　　　價　：新台幣 260 元整
電子書發明專利第　Ｉ　306564 號

紙本書編輯印刷：
電子書編輯製作：
天空數位圖書公司　E-mail：familysky@familysky.com.tw　http://www.familysky.com.tw/
地址：40255台中市南區忠明南路787號30F國王大樓　Tel：04-22623893　Fax：04-22623863

Family Sky